文芸社セレクション

橈《とう》ポン骨《こつ》と空の青

かたら

文芸社

目次

序章

『大器晩成』こんないい加減で都合の良い言葉はない。

今まで出会った担任の先生方が、皆口を揃えて「お子さんは大器晩成ですから大丈夫ですよ。」というものだから、親は何かを期待し、私はずっとこの言葉と戦う羽目になっている。

一体私は何に向いているんだ？

―そもそも、何をもって成と成すのか―

それは人其々ではないか。

そうだよね。

自分がここだと思う地点が成となる。

ならば咲かせてやろうじゃないの。

何処だって何時だって、チャンスはあるんだから。

五十にしてまだまだ大器晩成

かたら

橈ポン骨と空の青

あれ？　あれあれ⁇

どうした？　いや、本当にどうした？

右の手首が上がらない！

手に力が入らない！

ぶらんぶらん…

これ！　いわゆる脳梗塞ってやつでは？

夫に「私、ぶらんぶらんなんだけど…これって、もしかして救急車呼ばなくちゃいけないやつなんじゃないかなー!!」

夫「うーん、朝になったら病院に行けばいいんじゃない。」

あらっ？　なんで眠そうなの？　妻の一大事ですよ！　本当に朝で大丈夫？　緊急性は？

遅れて後で、なんであの時救急車を呼んでやらなかったのかって後悔しない⁇

「ねえ！　本当に朝まで待って大丈夫なの？　ねえ!!」酷すぎる。私がどうなってもいいのね。

「だっておまえ、ちゃんと話せてるじゃん。」

えっ……確かに…

「あ」「い」「う」「え」「お」

「なにぬねの」「らりるれろ」

話せる。

「私の名前は…」

言える。

指は動く…

「どこの脳外科に行けばいいんだろう?」

夫「整形外科でしょ。」

整形外科? なんで?

疑いながらも整形外科へ。

医師「これは、橈骨麻痺だな。」

とうこつ麻痺?

医師「何か腕に負担のかかることしました? 普通は新婚さんが腕枕したりした時に重みで神経が麻痺してしまうことが多いけど。」

腕枕…してない…されてもない…そんなに大事にされてない…

じゃあ、なんでなったんだ?

医師「冷房で冷えた部屋で横向きで腕を下にした状態で寝てたりしたのかな?」なるほど、それだ。悲しいかな自分の体重で腕が完全に麻痺してしまったってことか。この体型を恨むしか。もうパフェやケーキを食べる気失せたわ。

医師「一カ月で治った人を見たことがない。最低でも一カ月半から二カ月かかると思います。治療はステロイド点滴とリハビリに毎日来てもらうことになりますね。橈骨麻痺は遅かれ早かれ治ります。ただ、治療期間に精神を病む方が多いです。私は必ず治るんだという強い気持ちを持って治療に取り組んでください。」え? 精神。大丈夫。私は大丈夫。

この時は一、二カ月我慢すれば良いだけくらいに軽く考えてた。

「〇〇さん、三千二百円になります。」

はーいと受付で会計をしようとして、困った。お財布が開けられない。利き手の右手が使えないとこうなるのか。受付の方に手伝ってもらって何とか支払いを済ませた。

家に帰り、左手でドアを開け、一息つく。

…さあ、とりあえず洗濯でもしよう。

左手で洗濯物を持ちスタートボタンを押す。

スイッチ一つで動いてくれるんだから、楽だな。掃除機もスイッチ押して左手で。案外家事もできるし問題なし。洗濯が終わるまでひと休みかな。

ピーピーピーピーピー

洗濯物を干そう。あ…、無理。いつもなら両手でパンパンやって、ピーンと皺を伸ばして干してた。片手でどうやってやるの？　物干しに置くだけで精一杯。気を取り直して、食器でも洗おう。左手でスポンジに洗剤つけて…ゆすげない。無理。なんでもないことがなんにもできない。どうしよう…

　やっぱり簡単じゃない…

　娘が学校から帰ってきた。

「えっ!?　まだ手、動いてないの？」恐る恐る聞いてきた。

「うん。でも治るんだって。しばらく不便だけどね。」

　その不便なことが早速やってきた。

　夕飯づくり。動揺している者同士、顔を見合わせ、「今日はレトルトのカレーでいい？」「いいよ。」スプーンを左手で持ち、ゆっくりなんとか綺麗とは言えないけど食べられた。今日はもう何でもいい。

　時間をかけてやっと着替え…疲れた…

　もう寝よう。明日考えよう。

　朝、やっぱり手はぶらんぶらん。

　夢じゃなかったんだな…。お弁当箱を前に呆然としてしまった。何を詰めたらいいの？　いや、何なら詰められる？　嘘のように何もできない。料理はおろか、お弁当箱を開けることすらできない。こんなに両手でやっていることが多かったことを痛感させられた。やんちゃに適当にレンチン中心に詰めたお弁当を子どもに持たせ、朝ごはんもいい加減。

　さて、自分は車の運転もままならず、タクシーで病院へ。

　そんな日々を送るうち、娘の顔が曇ってきた気がした。そういえば、最近ろくなものを食べさせていない。

「ねえ、今日は外で食べようか？」

　困惑顔の娘をよそに、思い切ってでかけることに。私が元気に食べれば、彼女も元気が出るかもと思ったし、何より久々に美味しいものを食べたい。運ばれた料理を、がんばっていつもよりテンポよく食べた。ほら、ママ右手じゃなくてもちゃんと食べられてるでしょ！　を娘に見せて安心させたかったから。

　すると私を見た娘の表情も少し明るくなり、嬉しかった。

　だけど…周りの目に私は気づいてしまった。最近、ひどい食べ方をしていることに慣れている娘からしたら、外でフォークを使えているだけでも凄いと感じられたようだけれど、初めて見る人からは、ぶらんぶらんの私の手は不思議なもののように映ったみたい。と、私は強く感じてしまった。考えすぎかもしれないけれど、この時から人の目がとても気になるようになって…自分は醜い。人前に出るべきではない。…そう思った…

　洗濯物は相変わらずパンパンできない。お皿も満足に洗えない。料理も。リハビリの電気ショックは何も感じない。運転も。文字を書くこともできない。できない…できない…できないことばかり。もううんざり。もう知らない。

外を歩くと、すれ違う人が変な顔で見てる。何かを憐れむような目で。気のせいかもしれないけど、気のせいじゃない。あの人の目は、普段の私の目だ。脳梗塞なのかな？　お気の毒に。って、私がやってたことだ。今自分がその立場になってはじめてわかった。その目がどれだけ相手を傷つけていたか。

正直余計なお世話なんだよ。ちょっと買い物に出ただけなんだよ。私にとってはこれは日常であって通常なんだよ。って言っても駄目だよね。世間とはそんなものだ。

毎日ステロイド点滴と電気ショックのリハビリ。指は動くのに、一向に手首が上に上がる気配がみえない…

ぶらんぶらんな右手にそろそろ呆れてきた。もう精神的に結構きてるよ。

「おまえの右手、まだ治らないんだな。こんなに長くかかるなんて、俺がなったら、仕事できなくなって大変だったわ。なったのが、おまえで良かったわ。」夫だよね？　聞き違いか？　私今ひどいこと言われてない？

「ねえ、学校から帰ったんだったら、お皿くらい洗うの手伝ってくれてもいいんじゃない？　ママがうまく洗えないの見えてるよね？」携帯を触る娘に苛立つ。

「なんで手伝ってくれないの？」

「だって…」

「だって何よ。」

「だってリハビリになるでしょ。」

はあ？　思いもよらない言葉に絶句した…

みんなー、家族なら助けてよー
もうやりきれない。本当になんで…もう嫌い…何もできずお荷物になってる自分が大嫌い…死にたい…

主人が突然、

「お寿司食べに行こう。」と言い出した。

え？　外食!?　もう本当にふざけないで。今私はそんな精神状態じゃないのよ。

「外食なら二人で行ってきてよ！　私はもちろん行かない!!」怒りがこみあげて半泣きだった。

「もう三人で予約してあるから、とにかく行ってもらわないとキャンセルできないんだよ。」食い下がる主人に押されて、渋々お寿司店へ。そのお店は、なかなか予約が取れないらしく、暖簾をくぐると、木の匂いと酢飯の匂いが心地の良い、『ＴＨＥ　すし店』だった。カウンターに案内され座る。コーナー席のため、横のお客から私の姿は丸見えだった。右手が言うことを聞かず、座るのもゆっくりの様子をじっと見る大将。やっと座り、一息つくと、椀が運ばれてきた。左手で椀を持ち上げ飲みにくそうにしている姿に、隣のお客が気づき、怪訝な顔をしていた。そうなるよね。だから来たくなかったんだよ…私は恥をかくために連れてこられたのだろう…

その時主人が、「大将、握ってください」

そして娘に、「お寿司は手で食べさせてもらってもいいんだよ。その方が美味しく感じるよね。」主人と娘が目を合わせ、何の迷いもなく左手で出されたお寿司を食べだした。大将も周りのお客も面食らっていたけれど、「おまえも食べなよ。ここのお寿司めちゃめちゃ美味しいぞ。」私は泣きながら、左手でいっぱい食べた。そうこうしていると、大将も周りも私たち親子を特別視しなくなり、店を出るころには、私は笑ってた。

家に帰れば日常が待ってた。

飼っている犬がしっぽを振ってくれる。

可愛いな。おもちゃを咥えて遊ぶ無邪気な姿に癒される。私が投げたおもちゃを器用に手でかき出して口に咥える。

この子はこんな手の形でもモノを取り、口が代わりをしてる。ご飯だって、手でお皿を持つことなく食べられてる。

私は指が動くのに、この子よりできることが少ない。

次の日の朝。

「ママ、なにやってるの!?」

お皿を手を使わずに舐めまわす私を見て、娘が驚愕している。

「ハハハッ、ご飯って残さず食べるとおいしいねー」なんか吹っ切れた。

「?・?・?・」の娘。

「あっ、ごめん。これからママ遠慮せずに生活するわ。」ここは、家なんだから。

さあー、やるぞー!!

洗濯。パンパンできなくたって、身体にひっかければ皺は伸びる。変な恰好だけど気にしない。だれも見てないよー
次！　お皿洗い。両手で持たなくたって、シンクに置いたまま洗えば左手だけでも十分すすげる。

はい、次！　買い物。何も左手だけで荷物を持つ必要はないよ。右手は指が動くんだから、買い物袋を右手にひっかけよう。手首が上がらなくたって、運べるぞ。

次！　運転。わが家の車は左ハンドル。右手が動かない私は運転はできないと思い込んでいたけど、左手すごい!!　反対側にあるシフトレバーやサイドブレーキにも全然届くし、できる。私まだまだ身体に柔軟性あるじゃない!?

次！　次！　次！　足も口もおでこもなんでも使えるものをフル回転させれば、まだまだやれることがある。

結局できなかったのは、私のちっちゃなちっちゃなプライドのせいだったってことだ。

文字だって書いてやる！　さすがにきれいな文字は書けないか。でも良い。それが今の私。恥ずかしくもなんともない。

にょろにょろの力ない文字が愛おしくさえ思える。

二カ月後、定期診察。いつものように医師が右手を持ち、神経の回復具合を診る。
医師「うん!?」
私「ですよね。」
医師「回復してきたね。」
私「そうなんです。昨日の夜に急に手首が上がるようになったんです。」
医師「よく頑張りましたね。」
私「はい。ありがとうございます。」
先生、その言葉ずっと聞きたかったよ。
気づけば、家族、特に鬼スパルタな娘の指導に助けられ、今では私は立派な両刀使いの図太いおばさんになっている。
羞恥心をなくして、得る物もある。
さあ。次は何しよう！

巡り廻る

どこまで歩けばいいんだろう。
行けども行けども木々が邪魔をする。
追手が来るかもしれない。
早く早く。
森の鬱蒼と茂った木々の隙間に空が見える。
「あそこに行けば森から出られる。」
森を抜けると集落が現れた。
砂漠の中に土でできた家々が並ぶ。
まるで大きな岩のような建物には、いくつか四角い穴が開いている。
何故だか懐かしい。前にも見たことがある、いや住んでいたような感覚。
―ふと目が覚めた。
夢だ。何度となく見るこの夢。
いつも不思議な気持ちになる。
これは前世なのだろうか…

今日は祖父母の家に行く日だ。

「こんにちはー。

おばあちゃん、おじいちゃんは？」

「あーあ、いらっしゃい。

おじいちゃんなら庭にいるよ。」

祖父は明治の男。ようするに、頑固者だ。

間違ったことが大嫌いで、嘘を許さない。

人には厳しいけれど、自分にも厳しいのだから、注意されても文句が言えない。そこが悔しくもある。

「おじいちゃん。」

「おお、来たか。テストどうだった？」

「もう、会って早々にテストのこと？

まあまあかな？　社会がちょっとね。」

「また社会が悪かったのか。なんでお前はいつも社会で点が取れんのだ。もっと世の中のことに興味を持たんといかん。」

「はいはい。次頑張りまーす。」

私は四人姉妹の末っ子。それも姉たちとは間があいて生まれた子だったため、厳格な祖父も私にだけは多少は甘かった。

そんなこともあり、姉たちはあまり寄り付かなかったこの家だけれど、私はしょっちゅう遊びに来ていた。

—砂漠—


「アーリン、そんなに走ったら砂に足を取られて転ぶぞ。」

「だいじょうぶだよ、パパ。」

振り返った途端転ぶ。

「ほらみろ。」

「あーあーあー」

口いっぱいに砂を付けて泣きじゃくる。

この子は、アーリン。五歳の女の子。

パパはジョアン。二五歳。

二人は町まで買い物に行き、家に帰る途中だった。

ジョアンはアーリンの顔の砂を優しく取り、

「アーリン、砂はその日その日で温度が違う。湿り具合もだ。むやみに走って無駄な体力を使ってはいけないよ。これから家まではまだ距離があるのだから。」

「パパだっこ。」

「ダメだよ。もう五歳だろ。これからはパパのお手伝いもしてもらわなくちゃいけない。

これくらいで挫けてはダメなんだよ。」

「はーい。」アーリンが買ってきた荷物を引きずりながらトボトボと歩き出した。

「アーリン、その荷物は手に持てるよな。そんなに重いものではないはずだぞ。」

「パパきらい。」

「え？」

「アーリンがんばってるもん。もうたくさんあるいたもん。」

「半分歩いただけだろ。」

「……」

無言で歩く二人。

やがて集落が見えてきた。

家の前で一人の女性が手を振っている。

「ママー」荷物を落とし飛びつくアーリン。

女性は、アーリンを抱き上げた。

「よく頑張ったわねー」

「ママ、アーリンえらい？」

「偉い偉い。お使いありがとね。」

「ママ、だーいすき。」

アーリン、ジョアンをチラッと見る。

「おいおいアーリン。肝心のお土産を落としてるぞ。本当に仕方ないな。」
ジョアンは品物を拾い上げ、家に入る。
ジョアン家は五人暮らし。
妻のメアリと娘のアーリン。寝たきりの父に父の介護をしている母。
働き手はジョアンだけだ。
それでも一家は幸せに暮らしていた。
そんなある日、町で働くジョアンに戦争勃発のニュースが入ってきた。
「戦争だと!?」
お隣の国が戦争を始めたらしい。
なんてことだ。
村は隣国にもっとも近い地域だ。
このままでは、我が国も巻き込まれてしまうのではないか。
不安がよぎる。大急ぎで家に帰ったジョアン。
村人たちにそのことを伝えた。
しかし、村の長老も皆、誰もこの村を出る選択肢を持たなかった。
彼ら全員が「戦う」と答えた。
情勢は悪化する一方だった。
ジョアンたちは決断した。村の若い男たちは皆軍隊に志願したのだ。

軍隊に入り、何年何カ月が過ぎた頃だろう。

ジョアンは敵国に捕まった。

目隠しをされ、手は後ろに縛られた状態で座らされた。

外国語が聞こえる。

「立て」と言っているのか？

ジョアンが立つと進むように促された。

歩いた先で、目隠しを外された。

そこには、銃を持った兵士が立っていた。

彼は外国語で「イケ！」と言った。

どういう意味か解らず立ち尽くしていると、
ヴァンヴァンヴァン
そこら中で銃声が鳴った。

殺される！　ジョアンは思った。

しかし、兵士はジョアンの縄を解き、「イケ！　ハヤク！　ハヤク！」と何度も言い、
ジョアンに逃げるようにジェスチャーで示した。

ジョアンは逃げた。がむしゃらに走った。

何故彼は俺を逃がしてくれたのか？　ジョアンにはわからなかった。そんなことしたら、
彼はどうなってしまうのか。心配にもなった。

でもジョアンは走った。やがて森を抜けた。

遠くに見えるのはあの懐かしい集落だった。

帰ってきた、俺は帰ってきたんだ。

「おーい、おーい」

集落の窓から女性たちが顔を出した。

「ねえ、あれジョアンじゃない？」

「ジョアンだわ。生きていたのね。」

「メアリ。メアリ。ジョアンよ。ジョアンが帰ってきたわよ。」

洗濯物を干していたメアリは目を丸くした。そして駆け出した。

「アーリン、パパ帰ってきた。」

アーリンを抱き、みんなのところへ。

そこにはジョアンがいた。

「ねえ、本当にあなたなの？

生きていたのね。」

アーリンがジョアンに駆け寄ろうとして、止まる。そしてゆっくり砂の上を歩く。

その姿にジョアンは笑いながら、

「アーリン、今は走っていいよ。」

「え、いいの？」

全速力で走ってくるアーリンに、ジョアンは涙が止まらなかった。

「さあ、アーリン抱っこだ！」手を広げる。

「やったー、パパお帰りー」

「重くなったな。」

やっと我が家に帰ることができた。

村の軍人になった若者たちは、半分は帰っていない。戻れたにしても、手足を失った者、精神を病んでしまった者。戦争が終われど、決して元の村には戻れない。

戦争から生まれるものなど何もないのだ。


―また、あの夢。本当に何なのだろう？

この風景に芽生える懐かしい温かい感情は。

「こんにちは。」

「おう、今日はよろしくね。」

近所のイベント〔戦争を考える〕のお手伝いに来た。

「おじさん、これなんですか？」

「あーあ、それは兵隊さんが実際に履いていた靴だよ。」

「え？　本物？」

「勿論本物だよ。お借りしてきたんだ。兵隊さんはこんな重たい靴を履いて戦ったんだよ。

一人でも多くの人に見てもらいたくてね。戦争とはどんなことなのか、肌で感じてほしいからね。」

見たことある。どこで見たのだろう。思い出せない。でも知ってる。この靴を履いた足の人に会ったことある。

程なくして、祖父が亡くなった。

祖母と祖父の遺品を整理していた時のこと。

「おばあちゃん、この写真誰？」

軍服を着た男性が馬を背に立っていた。

「おじいちゃんだよ。」

「え!?　おじいちゃん、軍人さんだったの？」

「そうよ。馬乗りで有名だったんだから。」

そうだったんだ。全然知らなかった。

「おじいちゃんのことだから、めちゃくちゃ周りに厳しい兵隊さんだったんだろうね。」

「それがそうでもないのよ。

戦争の時、敵国の兵士を捕まえたんだって。

上官は、其々一人ずつその捕虜を草むらに連れて行き殺せと命令したの。でもおじいちゃんは、どうしてもできなかった。周りでは銃を撃つ音がいっぱいしてきたの。おじいちゃんは必死でその人の縄を解いて逃がしたんだって。」

「え！　そんなことしたらおじいちゃんが大変なことになるんじゃ…」

「それがね、いやー最後の最後まで泣きつかれましたが、無事任務を遂行いたしました。って嘘をついたんだって。」

「あのおじいちゃんが嘘を!?」

「そう。一世一代の大嘘。」

そうだったんだ。そんなことが。

それにしても戦争は恐ろしい。なんの恨みもない人同士が何故殺し合うのか。


―砂漠の集落では疫病が流行っていた。

ジョアンは病に伏していた。

「パパ。」

「アーリン、君は強くて優しい。

人の幸せも願うことのできる人間になるんだぞ。そうしていれば戦争など起こることはないのだから。」

俺はそろそろ死にそうだ。

命の恩人である兵士様には申し訳ない。だけど、あなたに助けてもらって生きながらえた人生は本当に楽しかった。家族とまた笑うことができた。感謝しています。

ジョアンはそっと目を閉じた。

―またあの夢を見た。

目隠しを解かれた。

目の前に立っていたのは…軍服を着た、おじいちゃんだった！

「おじいちゃん、ありがとう。」

遺影の祖父が細ーい目で笑っていた。

人情洗濯機

朝の食卓。

「あのさ、今日遅くなるかも。」

「え？　残業なの？」

「うん…たぶん。」

「ふーん、珍しい。

裕一、早くしないと学校遅刻するわよ。」

「わかってるよ。うっせいな。」

私四六歳、夫四四歳、高校生の息子が一人。

今から二〇年前、私は大きな失恋をした。愛し合い、信頼し合っていた薔薇色の日々は、全て嘘。浮気どころか三股掛けられてあっさり振られた。その後は人間不信になり、恋愛なんて懲り懲りだと思っていた。世の中の男ってみんな浮気するの？　私の彼氏はあんなにイケメンで！…そうかイケメンだから女が寄ってくるのか。背が高くてイケメンで高学歴！　話も上手くて明るくて、行動力もあって、仕事もできる。さらに料理が得意！

そりゃモテるわ。

そんな男は二度と信用するものか！　というわけで。誰から見てもイケメンとは言えない、背丈も学歴も、そこそこ普通。明るいかと言われれば、普通。話ね～、上手いのか？行動も仕事も目立ってできる感じもなくて。料理も目玉焼き作れたって喜んでたな…くらい。

うん。モテない！　そう！　そういう人と結婚したわけ。それが今の夫。

なんと言っても夫は私にベタ惚れだし、おっとりのんびりした性格で少し頼りないけど、つまんないくらい平々凡々に暮らしているわけ。

ピーピーピー。洗濯が終わった。

晴れてるから、シーツを外に干した。

何これ！　文字が浮き出てきた。こんなシミがシーツにあるわけない。

『あ』『や』『こ』

あやこ！　どういうこと？

もう一度洗った。でも落ちない。

いったい何なの？

夫の帰宅が遅かった。

「残業お疲れ様。」

「うん、ただいま。あーあ、明日も帰るの遅くなるから。」

「ふーん、そうなの。」まさかね…

次の日。『あやこさん今日も綺麗ですね。』

こんなバカなシミある？　浮気？　夫が？

なんでこのシミ洗っても取れないの？

「ただいま。」

「遅かったね、何の仕事だったの？」

「何のって、いろいろだよ。」

怪しい…

「明日は早く帰れるわよね？」

「いや、どうかな…そんなに早く仕事終わるかな。たぶん遅くなると思う。」

「ふーん…」

また次の日の朝。恐る恐るシーツを覗く。

『あやこさんしか見えません。』

前の彼は素敵すぎて、嫉妬ばかりだった。私は理想の人と付き合えたことに酔っていて、彼しか見えていなかった。彼に近づく女はみんな憎かったし、彼が誰かと話しているのを見ただけで、胃がキリキリしてた。そして浮気という裏切りでジ・エンド！　そんな絶望の中出会った夫は、とにかく優しかった。年下で少し頼りないところもあったけど、なぜか一緒にいるとホッとした。私のことが大好きで、毎日「好きだよ」「愛してる」だの「生まれてくれてありがとう」って。人を信じられなくなった私に、「裕子さんしか見えません」って。

…そういうことか…やっぱり浮気…

こんなことしてられない。絶対にあのシミ消してみせる！

漂白剤。ダメ、消えない！　ブラシで擦ってもダメ！　逆に油で浮かせれば…ダメ！

もうなんで？　お願い消えて!!　私はあの人を失いたくないの！

ガッタンガッタンガタガタ……プスン。

洗濯機……壊れちゃった…

もうおしまいだ…

「ただいまー。裕子ちゃん、どうしたの？　なんか洗濯機の周り水浸しだけど…」

「あなた～」

「なになにどうした？」

「もう帰ってこないかと思った。」

「そんな大袈裟な。ごめんごめん、最近帰りが遅かったから寂しい思いをさせちゃってたんだね。」

もう絶対離さない。離れないで。

「洗濯機が壊れちゃって。」

「それでそんなに泣いてたの!?　裕子ちゃんは本当に面白いね。…まあ、そういうところも含めて愛おしいんだけどね。」夫が笑った。そう、この笑顔が見たかったの。

「洗濯機、なんで壊れちゃったんだろ。何洗ったの？」

「あっ、それ見ちゃダメ！」

「このシーツのこと？」

シーツのシミ、消えてる！

「よし！　明日洗濯機見に行こう。」

「えっ、明日は残業ないの？」

「うん。頑張って調節するよ。もうこんな可哀想な想いをさせたくないからね。」

やっぱり私はこの人が好きだ！　普通とかモテないとかそんなことじゃない。この人じゃなきゃダメなんだ！

「ねえ、この洗濯機修理してもらおうよ。」

「ええ？　新しいの買えばいいじゃん。」

「ううん。きっと直ると思うんだよね。それにこの洗濯機が良い。」

「そんなに気に入ってたのか、泣くほどだもんな。」

この人の笑顔が大好き。

それにしても、シミが情報源に？

そんなことあるわけない。

思い過ごし？　幻覚？　いや、やっぱり現実？

それはもうどうでもいい。目の前の人が、自分にとって大切で必要か。そっちの方がよっぽど大事。そういうこと。

　何日か後。

　息子のシーツのシミ。

『咲　大好き』咲？　確かサッカー部のマネージャーが藤野咲ちゃんだったな。

　ははぁん、あ奴もさては色恋に目覚めたな。

「裕一。はいお弁当。ふふふ、がんばって。」

「何笑ってんだよ？」

『咲かせろよ♡』

「ちょっと弁当に変なこと書くなよ。」

「あら、もう見ちゃったの。お母さんからのエールだよ♡あと、シーツもう洗うのやめようかなぁ。」

「えっなんでだよ。もう行かないと遅刻じゃん。くっそー、こんな弁当どこで食べりゃいいんだよ。」

「行ってらっしゃーい。ふふふ。」

　だって、せっかくの恋心が消えちゃったらだめじゃん。

　アオハル楽しんでね。

　幸あれ、息子！

人情洗濯機Ⅱ

Ⅱと銘打ったのだから、またまた登場、不思議な洗濯機。今回は息子くんのお話。彼の淡い初恋はどうなったのだろう。

「裕一、早くしないと学校遅刻するわよ。」

「わかってるよ。今何分?」

「七時三八分」

「まじで!?　やばいじゃん。」

「朝ごはんは?」

「食べてる時間ないよ。」

「せめておにぎり持って行って。」

毎度毎度の母子の会話。本当に何でもっと早く起きられないのよ。ていうか、起きてたわよね。ずっと洗面所にいたけど何してたのかしら。整髪剤増えてる。化粧水。眉毛も整えて。これは、あ奴も恋愛に必死だな。

フフフッ。

「おーい、裕、パスこっち。」

「オッケー。」

ナイスシュート。

高校のサッカー部。エースってわけではないけれど、まあそこそこうまい方ではあると自分では思っている。

「はい、水。」

「サンキュー。」

マネージャーの咲。気が利くし…なんていうか、良い子。この子のこと嫌いって奴いないんじゃないかな。俺にとって気になる存在。

「裕く～ん。」

悪友の和真がにやけて寄ってきた。

「なんだよ。」

「なんかさ、咲が裕のこと好きらしいって情報入ったんだけど。」

「えっ、なんだよ、それ。」

「噂だよ噂。でも本当だったら嬉しい？」

「べ…別に…。ほら、つまんないこと言ってないで練習すっぞ。」

咲が俺を…まじか。

えっ、こっち見てる。気のせいか？

確かに。言われてみれば、よく目が合うような…。やばい。和真が変なこと言うから、やたら意識してしまうじゃんか。

「お疲れ、はいタオル。」

「サン…キュ。」

和真がにやけ顔で走ってくる。

「咲にタオル渡されましたね。」

「おまえだって渡されてるじゃん。」

「いや、咲はいつも一番最初に裕に渡すんだよな。水にしてもタオルにしても。気づいてなかった？　あの女心。」

「たまたまだろ。」

そういえばいつもそうだ。

本当なのか？　あいつが俺って。

咲は良い子だし、気が利くし、話しやすくてそれに…それに笑顔が…可愛い。


「ただいま。」

「おかえり。なんかあった？」

「はあ？　なんで？」

「なんとなく、嬉しそうだから。」

「へ、変なこと言うなよ。何にもないよ。」

母親ってなんであんなに鋭いんだろ。俺の顔そんなにいつもと違ったのか？　嬉しそうって、まあ嬉しいって言えば嬉しいけども。

しかし、咲が俺を好きだとして、俺のどこがいいんだろ。顔も特にイケメンってわけでもないし。

いや、眉毛ぼさぼさ。ニキビもでき始めてるじゃん。


「裕くん。」

咲…

「一緒に帰ろう。」

「あ…ああ。」

「引退試合、もうすぐだね。」

「うん。」

「頑張ってね。悔いのないように。私全力でサポートするから。」

「おう。頼むわ。」

翌日、和真。

「昨日、咲と一緒に帰ったんだって？」

「なんで？」

「見たって奴がいるんだよ。」

必ずいるよな。そういうお節介な奴。

「おい和。ニヤニヤするな。」

「だってさー。気になるじゃん。で、どうだった？　告白でもされた？」

「別に、普通の話しかしてないわ。」

「なんだよ。つまらん。俺はてっきり…でも咲は絶対裕のこと好きだと思うんだよなぁ。」

まあ…それは俺も思うよ。なんていうか、昨日帰った時も嬉しそうにしてたし。ドギマギしてるっていうか…ちょっと顔赤くして…とにかく可愛くて。

「裕、顔にやけてるぞ。」

「うるせい。」

「噂をすれば、咲が来たぞ。」

「え？」

「ごめん裕くん、日本史の資料集貸してくれない？　忘れちゃって。」

「えっ、えっと…」やば、平常心平常心。

「はい、あ、貸してもいいけど汚すなよ。」

「わかってる。裕くんのものを汚すわけないじゃん。ありがとね。」

和真の思うつぼ。

「裕くんのもの汚すわけないじゃん。ハハハ。

そりゃ大切な裕くんのだもんな。もう早く告っちまえばいいのに。」

「はいはい。わかったから。授業始まっぞ。」

告る。俺が？　咲が？

まあ時期的に丁度いいのは、引退試合後くらいかな…

引退試合を無事に終え、ていうか最後は負け試合だったけど、自分達らしいプレイで終われたので、悔いはない。

「裕くん、お疲れ様。ちょっと話があるんだけど…」咲に呼び出され、俺は人生初の告白をされた。ドラマだったら、これでハッピーエンドなのに、現実はそんなに甘くなかったんだ。和真にほだされて、咲と初デートにこぎつけた。俺的には男らしくエスコートできたと思う。咲は遊園地でもカラオケでもとびきりの笑顔で甘えてきて、超ご機嫌だったし。

まあ、初デートは大成功って感じかな。

翌日。

「裕〜くん。デートどうだった？」

「まあね、それなりに（いや、めちゃめちゃ）楽しかったよ。」

「いいなぁ、俺もデートしたい。手ぐらい繋いだ？」

「内緒。」

「何だよ内緒って。お前どんなことしてんだよ。」

いやー楽しい。今日も一緒に帰ろう。

終業のベルが鳴る。

「裕。帰ろう。」

「わりぃ。俺ちょっと。」

「ああ、咲ね。はいはい、行ってらっしゃい。

じゃあ、また明日な。」

「おお。」ごめん和真。

「咲。」あれっ？　俺が呼んだの気づいたよな？

「咲、一緒に帰ろう。」えっ？　こっち見たのに気づいてないわけない。確実に無視った!?

なんで??

ＬＩＮＥも未読無視。

俺なんかした？

それからというもの、咲は明らかに故意に俺を避けだした。理由がわからず苛立った俺は、咲を呼び出した。

「ねえ、どうした？　最近おかしくない？　俺なんかした？」

「裕くんは何もしてないよ。ただ、裕くんが裕くんなだけだから。」

はあ？

「ごめんなさい。もう付き合うのやめたい。

遊んでくれてありがと。じゃあ。」

え？　え？　どういうこと？　全く意味わかんないんだけど…俺が俺なだけ？　なんだそれ。


「おかえり。」

「……」

「夕飯もう食べられるわよ。」

「いらない。」

「え？　どこか調子でも悪いの？」

「……」

裕一どうしたのかしら。最近様子が変ね。彼女と何かあったのかな…

「おはよう。具合良くなったの？」

「ああ、大丈夫。じゃ、行ってきます。」

「え、朝ごはんは？」

「いらない。」

本格的にやばそうね。

あら、シーツにシミが。ここのところ何も出てなかったのに。

「カエル!?」カエルの絵??

学校に行くのが憂鬱だ。咲は今日も俺を避けるだろう。和真も気まずそうにしてくるし。気を使われると尚更辛い。なんでこんな思いしなけりゃいけないんだ。悪いとこあるなら原因をはっきり言ってくれよ。その方が何倍も楽だわ。あんなにニコニコしてた次の日からだぞ！　ほんとに意味わからないよ。

咲だ。友だちと話している。

「咲、別れたんだね。」

「うん。蛙化した。裕くんは良い人だとは思うけど、食べ方が好きじゃない。一気に冷めた。無理。」

「そういうのあるよね。私も元彼とカラオケ行って、マイクの持ち方で蛙化したわ。」

「一度無理ってなると、全て無理になっちゃって。」

「わかるわかる。」

なんだそれ。俺には全く理解できないよ。

食べ方…俺の食べ方って、そんなにひどいのか？　別れた原因ってそれ？

「裕、ラーメンでも食べて帰ろうぜ。」

和真は俺を元気づけようとしてくれてる。

「どうした裕。そんなお上品な食べ方して。ラーメンはすすらなきゃ美味しくないぞ。」

「なあ和真、俺っていつも食べ方汚い？」

「なんで？　そんなの気にしたことないけど。

別に普通じゃね。」

「咲の別れた理由が、俺の食べ方らしいんだわ。」

「食べ方？　そんな理由？　ひでーな。」

「食べ方見て、一気に冷めたんだって。」

「まじか…。あいつマネの時は感じのいい奴だと思ってたけど、ひどいな。」

「こんなに長くチームとして信頼関係築いてきたのに、食べ方で振られるとか、俺情けないよ。」

「ほんとにあいつは裕の何を見てきたんだろうな。俺も腹立ってきた。とにかく食うぞ。馬鹿にされてたまるか。って、裕、ラーメン上品に食べようとするのやめろ。」

「ハハ、なんか気になってどう食べたらいいかわかんないんだよね。」

「気にするなって。お前の良さは俺が一番知ってるんだから。」

ありがと、和真。少し、元気でたよ。


次の日から、咲はＳＮＳの投稿が増えた。お洒落なカフェでの女子会。可愛いものだらけの映え写真を日々見せられた。

俺は食べる物も中々喉を通らないくらい悩んでいるというのに。

「ねえ、蛙化現象って何なの？」

このタイミングに俺にその質問する母親の神経が分からん。まあ、俺に何が起こってるのか知らないんだからしようがないか。

「好きな人のある行動を見て、急に嫌いになる現象だよ。」

「あーあ、冷めることに名前を付けただけなのね。」

「いや、ただ冷めたっていうより、急に気持ち悪く感じてその相手を受け入れなくなるらしい。」言ってて情けなくなって泣きそう。

「何それ。ふざけんな。うちの息子を気持ち悪いだって！　その子どこに目を付けてるのよ、こんなに優しくて良い子いないよ。私の自慢なんだから。ちょっとその子連れてきなさいよ。お母さんがぶっ叩いてやるから。」

「母さん落ち着いて。これは一般論だから。」

「落ち着いてられないわよ。裕一、もしそんな目にあったら、言いなさいよ。お母さんその子許さないから。悔しいもの。」

俺には一緒に悔しがってくれる人たちがいる。

それだけで十分か。

よし！　もう考えない。俺は悪くない。咲と合わなかっただけだ。こんなことしてられない。

明日からいつも通りの俺に戻るぞ。

そんな俺は人生二回目の告白を受ける。

おっしゃー！　人生は捨てたもんじゃない。

今度は丁寧に付き合っていかなきゃな。

やっと俺が幸せを掴もうとしたとき、咲が現れた。

「やっぱり、裕くんじゃないとダメだよ。」

はあ？

一体どの面下げてその台詞言ってんだ？

「裕くんが他の子と一緒にいるって考えただけで、耐えられない。」

何泣いてんだよ。わけわかんなくて泣きたいのはこっちだよ。

咲によって本当にここ最近の俺の感情はグチャグチャにされているのに、どうしてこんなことができるんだ。ひどいなと思いながらも俺はずっと、お前に文句一つ言わずに耐えてきたのに。

「ごめん。今頃そんなこと言われても、もう俺前に進もうと思ってるし。」

正直泣いてろ！　って思った。俺がどんだけ悲しくて悔しい思いでいたと思ってるんだ。

こんな身勝手でわがままな女、知らないよ。

蛙化って何なんだ！

人を傷つけておいて、自分はまるで被害者のように振る舞う。被害受けてるのはこっちなんだぞ。なのに、今は忘れられないとか…

それから、咲は何かと俺に近づこうとしてくるようになった。

しつこい・しつこい・しつこい！　ヘビ野郎。

「もうやめてくれ。俺お前に蛙化したわ。」

ピーピーピー洗濯が終わった。シミが…

「カエルとヘビ」のにらみ合いが始まったようね。さあ、悩める息子よ。どうする？

咲のことを考えることも嫌になった。今は顔も見たくない。俺たちはお互いを避けるようになった。

そんなある日下駄箱で偶然咲に出くわした。

「裕くん。」

「ああ。」

「……」

「……」

何も言葉が出てこない。

「じゃあ。」

「じゃあ。」

でも、不思議だ。別に嫌じゃなかった。

元々咲は俺にとって、いつも応援してくれる良い奴だった。あいつの笑顔にどれだけ励まされてきたか。

そして俺たちは…友だちに戻った。


「裕くん、もう少し上品に食べられないの？」

「なあ咲。ラーメンはすすらないと美味くないんだぞ。ズズズズー」

「いや、ないわー」咲が笑ってる。

「お前もやってみ。」

「やだぁ。」なんか、俺も笑ってる。

「いいから、思いっきり。美味しいから。」

今のこの感じ良いな。

今までは相手を意識し過ぎて、あら探ししちゃってた気がする。元々俺たちは、友だちであり仲間だったんだから、気張る必要はなかったんだよな。のんびりとゆっくりと俺らのペースでやっていこう。それでいい。

「裕くんと食べると美味しいね。」

「だろ。」

これが俺なの。

それにもう蛙は懲り懲りだよ。


「とれたー。真っ白。」どうだ。母の力を思い知ったか。シミを綺麗に落としてやったぜ。

漂白剤一本使い果たして消したわ。ていうか、落としてくれたのは洗濯機さんだけどね。


「ただいま。」

「お帰り息子くん。ご機嫌いかが？」

「なんだよ。別にいつもと同じだよ。」

息子が笑ってる。久しぶりのいい笑顔。

「今日は裕の大好きなハンバーグだからね。」

「わりぃ、食ってきちゃった。」

「あっそ。良いよ、明日のお弁当にしちゃうから。…裕一、ちょっとこっち向いて。」

「え、何？」

「いい顔してる。あんた私に似てイケメンだわ。」

「はあ？　母親似かどうかはわからないけど、まあ、ありがとね。風呂入ってくる。」

蛙と蛇は仲直りしたみたいね。

世の中、人と人。一人でも嫌いな人がいないに越したことはない。


「おはよう。」

「おはよう。はい、お弁当。」

「うん。やべ、もう行かなきゃ。」

「だから、なんでもっと早く用意できないのよ。」また念入りにお手入れしてたな。

ゆっくり大人になればいいよ。

そして恋せよ息子。

「いってらっしゃい。」

今日は晴天。絶好のお洗濯日和。

トゥシューズ

トゥシューズを買った。うん、買った。

なぜかって？　バレエを習ってたから。

まあそうなんだけど。

トゥシューズって、憧れのものなんだよね。夢というか、お部屋に飾ったらテンション上がる代物。

懐かしさも相まってお店に入った。どれがいいかなぁーなんて見ていたら、店員さんに声を掛けられた。

「どのようなものをお探しですか？」

え？　えーっと…これ色可愛い。

「これかな。可愛いし。」

「お客様、当店では無料でフィッティングをさせていただいております。お客様それぞれに合ったお品を提供させていただきますので、一度履いてみられませんか？」

あーあ、そうなんだ。ただ部屋に飾ろうと思っただけだったのに、なんか面倒いな。

履いてみた。うっつ、痛い。あれ？　久々に履いたけどトゥシューズってこんなにきつかったかな…

「ちょっと一番で立ってみられますか?」

バレエには基本のポーズがある。お店のバーと鏡の前で、何十年ぶりかの一番をする自分の姿。忘れていた。そうそう一番。まだ全然できるじゃない。でも痛い。

「お見受けしたところ、お客様にはこちらよりも○○社のものの方が合っていらっしゃるかと。もう一つ履いてみられませんか?」

言われるままに履いてみて、そのフィット感に驚いた。こんなに違うものなの? 正にピッタリ。調子に乗ってトゥシューズでつま先立ちをしてみた。硬い、痛い。

そうだった。トゥシューズは、履きながら柔らかくなっていくものだった。その人の足に馴染んでいく。鍛錬の賜物。そう…だから私は現在トゥシューズを持っていないんだ。

私は三歳からバレエを習っていた。といってもクラシックバレエではなく、モダンバレエだ。モダンバレエは殆どが裸足で踊る。

モダンというだけあって、作品も創作力が試される世界。それでも発表会の時だけは、トゥシューズに可愛いチュチュを着て踊れた。

初めてのトゥシューズが嬉しくて。白いチュチュに優しいピンクのトゥシューズ。思い描いたバレエ。トゥシューズは、ストッキングを細かく切ってつま先部分に入れ、つま先立ちした時の衝撃を軽減させて履く。そしてレッスンに励んでいると徐々に自分の足に馴染んでくる。楽しくて嬉しくて、家に帰ったら部屋に飾って眺めていた。

そんなある日、後輩が一曲クラシックを踊ることになった。たった一曲、たぶんもうそれ以外でクラシックを踊ることがない。

「先輩、トゥシューズ貸してくれませんか。」と言ってきた。私は迷ったけれど、一曲ならすぐに戻ってくるからいいかと思い、貸した。これが後悔することに。戻ってきたトゥシューズを履いて愕然とした。私の足と違う。私のトゥシューズではなくなっていた。努力して私の足に合っていたものが、今は後輩の足に合わせて変形してしまっていた。大切に大切に使っていたのに。私は悔しくて泣いた。でも、後輩が悪いわけじゃない。「使っていいよ。」と貸したのは私。私の考えが甘かった。一度変形したものは戻らない。私はそのトゥシューズを後輩に託した。なので、それ以来「トゥシューズ欲しいよー」をずっと胸に秘め、生きてきた。

あら、ならどうしてすぐに購入しなかったの？　と言われそうだけど、これが中々思い入れがあると勇気が出ないのです。

バレエを始めた頃の私は、ぽっちゃり体型健康優良児だった。先生には「転がした方が早いね。」と言われるほど。そして初舞台では本当に転がって登場した。また身体が特別軟らかいわけでもないから本当に苦労した。バレエでの身体の柔らかさは尋常じゃない。壁に足を後ろ一直線に上げて、更に直角に上体を起こすとか、足を開けば一八〇度以上軽々開く。人間の為す技かと思わせる事をほとんどの子どもが遣ってのける。周りに追いつくためには、兎にも角にも練習するしかなかった。

　その当時のバレエは習い事というよりも、師匠に教えていただく弟子という感じだった。師匠の機嫌を損ねないように必死で。まず稽古場にレッスンが始まる一時間前に行き、着替えたら、トイレ掃除。そして、稽古場の床掃除。前面の鏡を磨きバーを拭く。とにかく使わせていただく場所を磨く。それが終わったら、始まるまで自主練。定刻に助手の先生が基礎レッスンの指導をしてくれる。一通り終わったところで師匠登場。皆深々と頭を下げご挨拶。ピリピリした中で応用レッスンや振り付けが始まる。師匠は不思議な人で、右を向いているのに左でだらけている生徒が見えるのだ。師匠があっちを見ているという油断でちょっと緊張がほぐれ手を抜いた瞬間、「○○ちゃん、△ちゃんと代わりなさい。」と激が飛ぶ。師匠の指導は教えるというよりは勝手に芸を盗みなさいだ。そして必ず役を貰った子の後ろに後輩を付けて、あなたの代わりは居るのよとプレッシャーをかける。

　替えられたのは私だ。

「○○ちゃん、何故だかわかるわね。」

「はい。」レッスンは続く。私一人を除いて。

　悔しかった。やっとの思いで手に入れた役を、ほんの少しの気の緩みで失ってしまった自分に腹が立った。後輩も、皆役が欲しくて日々鍛錬している。一度失った場所はそんな簡単に取り戻せない。厳しい世界だ。だけど、ここでへこたれるわけにはいかない。師匠はそんなことは望んでいない。外されたことで何かを学ばなければ許してはくれない。盗もう。私になくて、みんなにあるものを。

大人になり、十何年ぶりかにバレエの先輩に偶然会った。憧れの先輩にお会いできて、私は有頂天だった。

「わぁー○○ちゃん、久しぶりねー元気にしてた？」

「はい。先輩もお元気そうで、お会いできてうれしいです。」

「バレエ懐かしいね。バレエといえば、○○ちゃんに役取られたの思い出したわ。あの時は本当に悔しかったなー。」

「本当ですか？」私が先輩の？　憧れの先輩の役なんて取れたことあったっけ？

「そうだよ。悔しくてめちゃめちゃ自主練したんだから。まあ、おかげで上達できたんだから、結果とっても良かったけどね。今度またゆっくり話そうね。」

「はーい。」上達できたもなにも、先輩はモダンバレエのコンクールでは日本一で、その後クラシックの名門バレエ団で主役をされてましたよね。レべち過ぎるんですけど。しかし、久々に会った開口一番が役取られて悔しかったって、面白すぎるし、その時になにくそって投げ出さなかったから、大人になっても笑い話で済んでる。そこなんだよな。大事なのは。先輩、私もいろんな事があったんですよ。なにくそと師匠に立ち向かい、コンクールに一人で挑んだんです。結果は本選敗退。

落ち込む私に師匠が放ったひと言。「◎◎ちゃん（先輩）だったら、一位取れたのに。」ほんとにあの時の自分がよくぐれずにバレエに真摯に向き合えたなーと思いますよ。でもそう言われても納得なくらい先輩は輝いてて、私の憧れだったんです。

バレエから学んだこと、一番は忍耐力。バレエは団体競技でもあるけれど、自分との戦いでもあるから、精神面はかなり鍛えられたと思う。仕事や子どもの関係などの諸々も、ある程度は穏やかにこなせているのも、厳しい習い事（？）の習慣のおかげだと思う。

そうだ。久しぶりにバレエ教室に行こう。

師匠、お元気かな。

恐る恐る稽古場のドアを開ける。懐かしい。床、松脂の匂い。これこれ。変わってない。

レッスンの時間が近いのに生徒がいない。　どうしたんだろ？

「〇〇ちゃん久しぶりね。」

師匠！　師匠がもう来られてしまった。もう後輩たちは何やってるの？　掃除はどうしたの？

「ご無沙汰してしまいまして。今日は見学させていただきます。」

「あらー、一緒にやればいいのに。」

「いえーとてもとても身体が動きませんよ。」

師匠、バレエは毎日鍛錬でしたよね。一日休むとわかると言われて怒られてきましたけど。

師匠が掃除をしている！　嘘でしょ？

「先生、掃除は私たちの仕事ですから。」

「あーいいのよ。あなたは今日はお客様なんだから。」

「でも。生徒遅いですね、何してるのか。」

ようやく生徒たちが現れた。

「こんにちはー」

「こんにちは。ねえみんな、もう少し早く来れない？　稽古場を先生が掃除されたんだよ。」

「誰ですか？」

「ああごめん。私以前ここの生徒だったの。」

「○○ちゃん、いいのよ。今は生徒さんに掃除してもらったりしてないから。」

「え？　そうなんですか？」

「そうよ。さあ、みんな着替えたらこっち来てねー。あら、□ちゃんがまだね。みんなで□ちゃんが準備できるの待ってあげましょうね。」

え？？　ここは保育園ですか？

私が知ってるあのバレエ教室ですよね？

基礎中の基礎のバーレッスンから師匠が指導してる。それも満面の笑みで。稽古中に笑みなんて見たことなかった。それどころか、機嫌が悪くなると、稽古場から居なくなりましたよね。残された私たちは訳が分からず、とにかく練習して悪いと思われる箇所を直して師匠を呼びに行くを繰り返し、遅くまで練習しましたよね。練習を見てもらうために、何度皆で頭を下げたことか。

「先生、もうバーレッスンしんどい。」

しんどい⁇　なんだそれは？

「もう少しだから、ほらがんばって。▲ちゃんはがんばり屋さんでしょ。じゃあ、今度はみんなこっちに来て、先生のやるとおりにやってみましょう。」

芸は盗むものだったのでは？　師匠は今まで上手い人の芸を見て盗み、苦労して一七歳で教室を開いたんでしたよね。その武勇伝を散々聞かされて、あなたたちもドンドン良いものは盗むのよとかおっしゃってましたけど、ちゃんと丁寧にご指導されるんですね。

「先生、もう終わりの時間だよ。」

定時に終了。

「はーい。今日も頑張りました。お疲れさまでした。はい、帰る準備してねー」

私は、一部始終に面食らった。

「先生、お疲れさまでした。レッスンの雰囲気が随分と変わっていて驚きました。」

「そうでしょうね。◯◯ちゃんの頃には考えられないやり方よね。でも、時代は変わってるのよ。世の流れに逆らったら何も成り立たないからね。今の子たちに掃除してなんて言ったら、親が怒ってくるくらいよ。

はい、みんなお月謝袋忘れずに持って帰ってね。」

先生に教えていただけるなら、なんでも致しますとか言ってた私の母に聞かせたい。

「でもね、◯◯ちゃん。生徒と踊るの楽しいのよ。あなたといた頃もそうすれば良かったなって今は思うのよ。バレエのおかげで身体も全然動くし。見ててよー、私八〇歳だろうが現役で踊ってみせるからねー！」

楽しみにしてます、師匠。

師匠は昭和の一桁世代。なのに現代の流れにちゃんと乗っている。私も文句ばかり言わずに少しは乗ってみるか。

職場は手が空いた人が掃除すればいいと思っていた。新入社員に「それってクリーンスタッフさんの仕事ですよね。私はしません。」と言われてカチンときていたけれど…今は、なるほど、それもそうだなと思えるようになった。クリーンスタッフさんに感謝を述べよう。おかげで仕事に集中できますと。しかし、目の前に落ちてるゴミを拾わないのは違うだろ！

「◇◇さんには本当に腹が立つんです。」

「どうした？」

「自分がやる事を見て覚えろとか言って、仕事を全然教えてくれないんですよ。勝手にメモでも取れって言うんですかね。ひどいと思いません？」

思わないよ。だって、自分もそうやって仕事覚えてきたから。共感してあげられなくてごめんね。

「そっかそっか、それは大変だね。優秀だと思われてるんだと思うよ。きっと。」

「そうなんですかね。ならしようがないか。」

ポジティブな子で助かった。

私もこんな風に思われてたらいけないな。

「あ、◆◆くん。私はしっかり丁寧に指導するからね。」

「あ。資料写メったんで、大丈夫です。」

あーそうかい!!

ダメダメ！　ダメよ。

スマイル、スマイル。

時代の変化によって、良くなっている事も沢山あるんだから。彼らから学ばなければならないことも。これからよろしくお願いしますの精神を持たなければ。

今日は特注のトゥシューズを取りに行く日。

「お待ちしておりました。」

綺麗な優しいピンク。夢に見た理想がそこに。

靴底を見て驚いた。私の名前が彫ってある。

嬉しい！　これを部屋に飾って。

私も徐々に辛抱強く、時代の流れに乗っていこう。

似顔絵屋さん

「ねえ、あれ煙じゃない？」

「ほんとだ。火事じゃないか。」

炎は見る見る大きくなって町工場を包んでいく。

「早く早く、皆逃げてー」

「消防はまだかー」

「中にまだ誰かいるの？」

「親子は？　斎藤さん親子の姿が見えん。」

ウゥーウゥーカンカンカン
「消防です。皆さん危ないから下がって！」

「親子三人がまだ中にいるのよ。」

「わかりました。とにかく下がって。」

消防隊員が建物の中へ。

泣きじゃくる子どもを抱き、出てきた。

その後、母親らしき女性が担架に乗せられ救急車へ。意識がないようだ。

その直後建物は無残に崩れた。

そしてモクモクと黒い煙が立ち昇った。

消防士の腕の中で、女の子はじっと空を見つめていた。

①いつも笑顔の営業マン
「おばちゃん、俺とんかつ定食。」

「俺は、ビーフカレーね。」

「はいはい。とん定とビーフカレーね。」

田舎の海沿いの定食屋。

ハツばあちゃんの元気な声がする。

「あれ、その子は？」

前髪を一つにぎゅっと縛った小さな女の子が店先に座っている。

「あーあ、孫だよ。」

「孫？　おばちゃん孫いたんだ。」

「何ビックリしてんの。おばちゃんが若いからって。」

「いや、歳はいってるだろうけど。」

「なんだってー。ビーフカレー小盛にしようか。」

「ハハッ、ごめんごめん。君、お名前は？」

お絵描きに夢中な女の子が、顔を上げた。

大きな目を見開いている。

そしてまたお絵描きに戻る。

「ごめんなさいね、この子人見知りなのよ。

はい、とんかつ定食ね。

瞳っていうのよ。」

「瞳ちゃんか。」

「町田、お前今週の日曜空けとけよ。」

「日曜ですか？」

「那海建設の岡野さんとの接待ゴルフに付き合え。」

「あ…日曜は…」

「なんだ、なんか予定でもあるのか？」

「あ、いえ大丈夫です。」

「頼んだぞ。」

「はい。」

「よし、行くか。おばちゃん、お勘定。」

「じゃあ、瞳ちゃんまたね。」

女の子は静かに頷く。

「ご馳走様。」

「ありがとうございました。」

ハツは食器を片づけ、瞳の絵を覗き込む。

男の子の絵だ。

「この子は泣いてるの？」

「うん。」

「なんで泣いてるんだい？」

「おなかいたいって。」

「それは大変だ。早く治るといいね。」


晴天の日曜日。絶好のゴルフ日和だ。

「申し訳ありません。今日は小塚の分も頑張りますのでよろしくお願いいたします。」

「小塚課長も体調不良じゃ仕方ないな。お大事にと伝えてください。」

「ありがとうございます。」

なんでこんな事になっているかというと、今朝小塚課長からメールを受け取ったからだ。それも「すまん、あと頼む」とだけ。

小塚課長はいつもそうだ。なんでも俺に押し付けて、そのくせ手柄は全部自分のものにする。なのに、謝るのは毎回俺だ。

そろそろ本当に限界なんだよ。

「ナイスショット！　流石ですねー。どれだけ飛ばすんですか。」

「ハハハ、まあ今日は天気も良いし気分もいいよ。えーっと君名前なんて言ったっけ？」

「町田です。」

「ああ町田君、小塚課長に例の件は前向きに考えさせてもらうよと伝えてくれ。よろしくね。」

「ありがとうございます。小塚も喜びます。」

休日丸一日の接待。

翌日には当たり前のように小塚課長の成績になった。

「町田、昨日はお疲れ。」

「良かったですね。契約上手くいって。」

「まあな、案外簡単だったな。」

簡単だと！　いや、昨日どれだけ気を使いご機嫌とるのが大変だったか。この契約取れたの俺の尽力だからな。

「町田君ちょっと。」

「はい部長。」

部長の話は長い。

「ハハハ、君もそう思うかい？」

「はい、勿論です。」

毎度毎度どうでもいい世間話に付き合わされる。


廊下で事務のお局様とすれ違う。

「あっ町田君、丁度良かった。これお願いしていい？」

「ああ、良いですよ。」

「ありがとう。町田君はいつも嫌な顔一つしないから頼みやすいわ。」

「いつでもどうぞ。」

「そう。じゃあ、早速これもお願いしていい？」

「い、いいですよ。やっときます。」

「本当助かるわー。よろしくね。」

はぁ…。


「いらっしゃい。」

「カレーうどん。」

「はいカレーうどん、甘口ね。」

「え？　甘口なんてあるの？」

「特別メニューだよ。胃腸に優しくね。

笑いたくない時に無理に笑わなくていいんだよ。」

「え…」

「瞳がね、お兄ちゃんお腹が痛くて泣いてるって。」

「泣いてる？　俺が？」

「瞳はね、火事で父親を亡くしてるの。悲しくてねぇ…それ以来、人の心が見えるように
なったのよ。

はいこれ。お兄さんの似顔絵だって。」

「これが俺？」

町田の頬に涙が流れる。

町田の頭を瞳が優しく撫でる。

「よーし、よーし。」


数日後。

「いらっしゃいませ。」

店先には、紙で作った似顔絵屋さんの看板が。

「瞳ちゃん、お店開いたんだね。」

瞳は黙々と絵を描き始める。

「あの、課長ずっと言おうと思ってたんですけど。課長がよく休まれるのって競馬ですよね！」

「なっ何言ってんだよ…。

おい、会社に言うなよ。」

「さあ、どうしようかなぁ。仕事サボってるわけですし。それに、俺がその分仕事代わっても成績は全部課長になってるのもどうかと思いますし。」

「わかったよ。これからは気を付けるよ。

だから会社には…頼むよ。」

「しようがないなぁ、これからは真面目に仕事してくださいよ。絶対ですよ。」

「わかった。悪かったよ。」

「じゃあそういうことで。課長ご馳走様でーす！」

「払うよ。払わせて貰いますよ！」

「やったー。

で、課長何にしますか？」

「コロッケ定食かな。」

「すいませーん。コロッケ定食とカツカレー大盛りで。」

「あら、体調良くなったんだね。」

「はい。もう元気モリモリですよ。」

「良かった良かった。」

町田は大盛りを綺麗に平らげた。

「あっおばちゃん、瞳ちゃんは本当に似顔絵が上手ですね。瞳ちゃん、ありがとねー。

ご馳走様。」

「瞳、どんな絵を描いたんだい？」

ハツが絵を覗き込む。

「お馬さん？

あーあ、なるほどね。」

②イメージ
人は見た目で判断される。

ニコニコしていれば良い人と言われ、ちょっと怒るとたちまち悪い人になる。

「イメージと違う。」

何？　イメージって！　私は私だし。人間生きてればどんな時もあるよ。

キリッとして仕事モードの時もあれば、ボサボサ髪で休日モードの時もある。

会う人会う人、勝手に想像して作り上げられた私像なんて知らないよ！

と言いつつ、周りの持つイメージにそぐわないように、生きてきた。

さて、気分転換に買い物でもしよう。

あっ可愛い。私の若い頃にはこんな可愛い服売ってなかったな。今は色もデザインも多様なものが溢れてて、見てるだけでも本当に楽しい。これ素敵。とってもお洒落。その服を手に取り、鏡で見てみる。いいなぁこれ。

「お客様。何かお探しですか？」

あーあ、来ちゃったか…

一人で色々合わせて楽しみたかったのに。

「あ、特に何をというわけじゃなく買い物してるだけなんで。」

「そうでしたか。

お客様でしたら、こちらなんかお似合いかと思いますが。いかがでしょう？」

とっても地味な服を勧めてくる。

いつもそうだよ。それが私のイメージなんでしょ！　その服でテンション上がると思う？

「あっ、そうだなぁ、もう少し色々見てみます。」そう言って、さりげなくその店を出る。

気分転換に行って、気分害するなんて。

「すいません。これとこれ下さい。」

そして、花屋で可愛い綺麗な色の花を目一杯買う。なんかむしゃくしゃするな。

浜辺で海を眺めていると、トントンと背中を叩かれた。

振り返ったら小さな女の子がいた。

「これあげる。」

「え？　何？」

女の子の差し出した絵には、綺麗な色の洋服を着て楽しそうに笑っている女性の姿が。

「おねえさん。」

「これが私？」

「うん。」女の子は走って海沿いの定食屋に入っていった。

〔似顔絵屋さん〕

店先の看板に笑顔になった。

ドアを開けると、元気なハツの声が。

「いらっしゃいませー。お好きな席どうぞ。

瞳、外から帰ったら手洗いなよ。」

瞳ちゃんていうのか。

「ご注文お決まりですか？」

「じゃあ、オムライスを。」

「はい。オムライスね。」

「あの、このお花良かったら。」

「ええ、くれるの？　こんな綺麗なお花を？」

「はい。さっき瞳ちゃんにとっても素敵な絵を貰ったんです。なのでそのお返しです。」

「ありがとう。嬉しい、早速飾らしてもらうわ。瞳、お礼言いなさい。」

「ありがと。」

「こちらこそありがとう。おばちゃん元気でたよ。」

「あらー、あなたおばちゃんではないでしょう。」

「いえ、私結構年取ってますから。」

「年齢なんて関係ないよ。気持ちの問題さ。

七五歳の私からしたら若くて羨ましいよ。

そんな歳で自分で自分をおばちゃんだと思っちゃもったいない。私なんて自分はまだまだお姉さんだと思ってるからね。」

「ほんとにお元気ですね。七五歳には見えないです。」

「他人にどう見えるかなんて関係ないのよ。私らしく生きてりゃそれでいい。

その方が楽しいじゃない。」

「確かにそうですね。勉強になりました。

おねえさん。」

「またいつでもいらっしゃいね。」

「はい。ご馳走様です。瞳ちゃんまたね。」

翌日。

「すみません。この服買います。」

「いらっしゃいませ。お客様、他のものも試されませんか？」

「いえ、これが気に入ったので、これをください。」

「畏まりました。お包み致しますのでお待ちください。」

「あ、着て帰ります。」

よし！　気分がいい。気分がいい。気分がいい。

なりたかった私！


「田畑さん、最近なんか変わりましたよね。」

「そう？」

「なんか綺麗になったっていうか、恋でもしてます？」

いやいや、何も変わってないよ。

私は私。どの私も私なんだよ。

「バカなこと言ってないで、さあ仕事するよー」

③親子丼
定食屋のドアが開く。

女性が入ってくる。

「あ、おかえり。」

女性は瞳の方へ目をやる。

「もうその絵を描くのやめてって言ってるでしょ。何回言ったらわかるの！」

絵には絵の具で黒く塗られた雲が描かれていた。女性は瞳から絵を取り上げ、破ろうとする。

ハツが止めに入る。

「こら！　娘の描いたものになんてことするんだい！　これはあんたの心だよ。この子はちゃんと見てるんだ。」

「違うわよ。これはあの火事の煙でしょ！

この子は私を憎んでるのよ。大好きなパパを死なせた私を。だから、嫌みっぽくいつも私にこんな怖い絵を描いて見せるのよ。」

「なんであの火事があんたのせいになるの？

あれは守さんのタバコの火の不始末から起きたことでしょう。」

「あの時私が喧嘩をふらなければ、あの人があんな時間にお酒を浴びるように飲むこともなかったし、工場で寝てしまうこともなかった。…死んじゃうなんて…」

「あんたが辛いのはわかる。だけどそれはもう運命だと思って諦めるしかないよ。」

「私、散々あの人のこと罵倒して…それが最後の会話。言い過ぎたこと謝ろうにも、もう何処にも居ない。会えないのよ。」

「あんたにはしなきゃならないことがあるだろう。辛いのはあんただけじゃない。」

瞳が立ち上がり、コップの水を自分の絵にかけた。

「瞳、何やってんだい。ママが描くなって怒ったからってそんなことしなくていいんだよ。ほら見てごらん。あんたが酷いこと言うから、子どもが傷ついちゃったじゃないか。」

ハツがティッシュを手に取り、瞳の絵を拭く。

「おや、これは…」

「パパ」

水で濡れた絵には、黒い絵の具から溶け出た下絵が。男性が笑顔で手を振っているように見える。

「パパってこれ…」

「おにいさんがおみずをかけたら、パパがわらったの。」

「あの火事のことかい？」

「うん。

パパ、くろいくものなかでてをふってたよ。」

「瞳、見たの？」

「うん！……パパにあいたい……」

瞳が泣き出す。

「パパにあいたい。」

泣きじゃくる瞳を聡美が抱きしめる。

「瞳ごめんね。会いたいね。ママもパパに会いたい。」聡美も泣いた。

二人をハツが抱きしめる。

「ずっと我慢してたんだね。泣きたいときは泣いていいんだよ。」

定食屋に泣き声が響いた。

「お母さん、思い切り泣いたらおなか空いちゃった。」

「ひとみも。」

「ハハハなんだよ、二人とも。」

ハツが夕飯を作って持ってくる。

「さあ召し上がれ。」

テーブルには丼が三つ。

「それにしても似たもの親子だねー。

聡美も瞳も意地を張るとこがそっくりだよ。

私たちは家族なんだから、我慢することなんてないんだからね。」

「そうね。泣いて吐き出したらスッキリしたわ。」

「ママげんき？」

「うん。元気になったよ。

瞳、今までごめんね。」

「ひとみもママにごめんなさいする。」

「はぁー、やっと我が家に笑顔が戻ったよ。良かった良かった。」

「おばあちゃんとママもにてる。」

「ええ？　どこがよ。」

「おばあちゃんはこんな意地っ張りとは似てないよ。ささ、冷めちゃわないうちに食べちゃいな。」

翌日の似顔絵屋さんには、湯気一杯の大きな親子丼の絵が貼られていた。

「いらっしゃいませー」

箱

新聞を見ていた夫が泣いている。私の手術の時にも泣かなかったのに。他人事には涙を流すんだな…

ちょっと嫉妬した。

「なんでこんな人生を…可哀そうすぎる。野原だって駆け回りたかっただろう。恋だってしたい事もたくさんあっただろうに。決められた伴侶の子どもを産ませられて、さらに育てようと思ったら、子どもたちから引き離され…

たった一人で、八〇の生涯を閉じるなんて。

しかも、こんな狭い家に閉じ込められ、囚われの身。

好きなものも好きな時間に好きなだけ食べたかったよな…せつなすぎる。」

「わかんないよ。傍から見れば、そう見えても、その人にとっては幸せだったかもしれないし。」

「おまえにわかるのか！

ちっちゃな箱の中に閉じ込められた、メスライオンの気持ちが。」

…はあ？

今なんて？

メスライオンって言った？

「不憫すぎるだろう？　人間の強欲のために連れてこられて、散々見世物にされ、挙句の果てに死んじゃったんだぞ。悲しくないか？

おまえには人の心ってもんがないのか！」

「あーあ、そうですか。どうせ私には人の心はありませんよ。

じゃあ、野生のメスライオンの生活を君は知ってるんですか？

群れを成すライオン社会では、狩りをするのはメスなんだよ。そうやってオスを命張って食べさせてんの。

死ぬか生きるかの勝負に出て、疲れた体で帰ったら休む間もなく、今度は群れの跡継ぎのための熾烈な争いに巻き込まれる。戦いの末に、負けたら群れを急に追われて、露頭に迷って朽ち果てることもある。常に生きた心地のしない生活を強いられてるの。

殺るか殺られるか…それが野生だよ。

動物園に居れば、ご飯は確保されてる。

狩りの心配もない。天敵もいない。

具合が悪くなれば、医療も受けられる。

子どもも安全に産める。

掛け合わせに恋愛感情がないってなんで言えるの？　野生では、いきなり盛りのついたオスにレイプされるかもしれないんだよ。

動物園なら、嫌がるのを無理強いはされないよ。なんていったって、飼育員さんが愛情込めて世話をしてくれるんだから、一人ぼっちでもないんだよ！

わかった？」

「それでも、俺だったら身の安全より冒険を選ぶ。世の中何が起こるかわからないから面白いんじゃないか。ほんと感覚の不一致だ。」

感覚の不一致？

はいはい、合わなくて結構コケコッコーだ！

そして、今日も夫は社会という名の野生に出かけていく。

私は、時には外を見ながら安全な家庭という名の箱で奮闘する。

私たちは家という箱の中で生活してる。

その箱をいかに快適なものにするか。

たかが箱、されど箱。この空間が人生のほとんどを決めるのだから。

もの

こんな厄介なものはない。

以前某有名女優さんの特集をテレビで観た。

この人の何とも言えない演技が好き。その唯一無二な存在感。誰にも真似ができない生き方。かっこいいな。

番組ではお宅を拝見。

これまた素晴らしいお部屋。まるで美術館。

住まいはその人の生きざまが顧みられるから面白い。興味深い調度品の数々。

「私ね、要らないものは要らないってはっきり言うんですよ。それがたとえお土産だろうとお祝い品だろうと。」

それって、相手に言うの勇気いるよね。気分害されたらって思ったら怖くて言えないけど。

「みんな貰って、その人の前では笑顔でありがとうとか言うでしょ。でも結局気に入らなかったら、貰い物だけどとか言って、他の人にあげたりするじゃない。私はその方が失礼だと思うのよ。」

目から鱗。そんな風に思ったことなかった。

「これお似合いだと思って。って言われたものも、気に入らなかったらごめんなさいって受け取らないの。お気持ちは受け取ります。ありがとうって、でも品物は受け取らない。だって、飾らないもの。その人は私の家に飾ったら丁度合うなと思ってる。でも私はそう思っていない。遊びに来てくれた時に飾ってなかったら、どうしてってなるでしょ。だったら、最初から飾らないから受け取らないと伝えてしまった方がいいと思うのよ。お愛想しておいて、箪笥の肥やしにする方が失礼でしょ。」

確かに。私は頂いたものをどうしているだろう。結婚のお祝い品とか…。鍋セットは使い勝手があまり良くなくて、すぐに自分の前から使っていたものに替えて処分しちゃったし、ワイングラスは箱のまま棚に入れっぱなし。

大きなランプは部屋の雰囲気に合わず、そのまま未使用状態で部屋の片隅に鎮座してる。売るか捨てるかしようかと思ったこともあったけれど、もし贈ってくれた友達が訪ねてきたらと考えると、行動できなかった。見渡せば、売るに売れないものが我が家を占拠している。

五〇歳を過ぎ、断捨離をと色々と片づけの本を買ってはみたものの、中々進まない理由の一つでもある。

「『もの』との決別」

それは思い出だけではなく、人との付き合い方の整理でもあるんだな。

私の捨てられないもの第一位は、洋服。それも、子どもの服。娘はもう二十代なのだから、当然着れるものは一つもない。だけど、私にはその洋服の一つ一つに想いがびっしり。大切な思い出があって、母はだめね…捨てられないの。毎年年末になると、今年こそは処分するぞと意気込むんだけど、見ると捨てられない。こんな小っちゃかったっけ。と、うるうるタイムに突入してしまう。そんなこんなで捨てられない娘の服が詰まった箱が洋服ダンスの下部を占領してしまっている。洋服ですらそうなのだから、作品もしかり。何を模ったのかもわからない「もの」たちのオンパレードだ。娘には捨てていいからねと言われて、「うん、わかった。」といつも返事をしているにもかかわらず捨てられずにいる。こんな感じだから、整理上手な友達には「こうなったら、収納アドバイザーの資格でも目指したら！　断捨離できた暁には、一番の成功例として本出せるよ。」と呆れられているくらい。確かに、「もの」を捨てられない人の気持ちには寄り添えそうだ。

先ほどの女優さんが床の拭き掃除をし始めた。モップに何か付けている。

「これね、要らなくなった洋服を切ったものなの。そのまま捨てるのはもったいないじゃない。こうやって、使えるだけ使って、ありがとうございましたって捨てるの。そうすれば、その『もの』ともとことん付き合えるというわけ。」

この人は、「もの」に対して誠実なんだ。

自分がケアできないことは申し訳ないと思って「もの」と接している。ここの家にある「もの」は、全て意味を持って置いてある。

気に入ったものを、ただ飾っているのではなく、一つ一つの「もの」に敬意を払い、責任を持ってケアの行き届く数を置いているのだ。

あるミニマリストの男性アイドルが言っていた。「部屋を散らかしていると、それによってどこに行ったか分からなくなった『もの』たちが可哀想ですよね。」

「もの」が可哀想？　そういう概念もなかった。

そのアイドルは、自分の持ち物がどこにあるか把握しているし、把握できない数を部屋には置かないようにしているとのこと。

そういう目線で見てみると、うちの「もの」たちは、可哀想どころかお気の毒。「早く救出してあげて！　レスキュー!!」

さあ、何から始める？

まずは台所。何気に見た調味料。え？　え？　これも、これも賞味期限切れてるじゃない！

それも何カ月も。全然気づかなかった。いつもの調味料に加え、スーパーで見つけた真新しい調味料。「これ何？　使ってみたい。」と買ってはみたものの、一、二回使ってそのままになっている「もの」たち。え？　この乾物も!?

乾きものって持つんじゃないの。小麦粉は大丈夫。だけどお好み焼き粉が…冷蔵庫の奥のビールも（もったいない。）手前手前に新しいのを入れてたからだ。少し見ただけでも、あるわあるわ期限切れ。卵も…そういえば、子どもの頃とか賞味期限って書いてなかったな。

卵は割ったときにどろっと嫌な臭いを発するまで食べてたし、お餅や食パンも青カビが生えたら、そこだけ取って平気で食べてた。

今は全部捨ててる。本当は賞味期限過ぎても食べられることを知っているのに。そしてまた新しい「もの」を買ってくる。「今日カボチャが安かったのよねー」って多く買って、結局食べきれなくて、カビが生えて捨てる。見直さなくてはいけないことは、日常生活にもたくさんある。冷凍庫なんて、いつから入ってたのってものが霜ついて何か分からなくなってる。お宅はどなたでしょう状態だ。

断捨離もある程度若くないと気力体力がついていかない。五〇代はその限界かもしれないな…記憶力も片づけには重要。綺麗になって、逆にあれどこに仕舞ったかなと探し出すこともしばしば。特に重要な「もの」ほどしっかり収納してしまい見つからなくなる。

世代にあった、「もの」の数がある。

昨年、施設に入った母の家の整理をした。

一見片づいているように見えた家だったが、私と姉二人の三人がかりでも「もの」を全て整理するのに三カ月かかった。なんでこんなに要らないもの（人のものは意外と捨てられる）置いてたのとなる。施設に持っていける「もの」は限られている。どんな人生を送ってこようが容赦はない。数枚の洋服と下着。あとは…。趣味の数冊の本くらい。母はお洒落で華やかな人。素敵な素材の洋服がいっぱい。姉たちはそんな母親像を大事にしている。私もそうしたかった。でも施設では大きな洗濯機で洗えるものという規定があるから、ほとんどの洋服は返された。

「トレーナーにして下さいね。」トレーナー姿の母を見たことがなかったから、複雑だったけれど、当の母は楽そうに着こなしている。

認知症を発症している今の母には、着やすさと機能性が一番大事なことなんだと納得できた。過去の「もの」と決別し、新しい「もの」を受け入れて、新たな人間関係と向き合う母をこれからも見守っていこうと思う。

そんな人生の先輩を見習って、わが家はどうだろう。

家族三人と元気いっぱいなワンちゃんとの生活。この中に一人も「もの」を捨てられる人がいない。これ、片づくのか？

人のものから整理しようと、主人の擦り切れたズボンをゴミ袋に入れたら、その途端「もの」の主が飛んできて、「俺のズボン知らない？」とまた穿く。物持ちが良くて大事にしているのかと思えば、また新しいものを買ってくるから増える一方。私も人のことは言えない。要らないものは要らないのと言えないから、景品やらが家に増えてくる。今日だって、ワンちゃんの病院からカレンダーを貰ってきた。「良かったらどうぞ。」と受付の人に言われたら断れず、笑顔でいただいてしまう。うちは毎年百均の家族カレンダーって決めてるんだから、使わない。でも「使わないので、要らないです。」と言えない。結局捨ててしまうのだったら、それこそ申し訳ないのに。

そこから変えていかなければ。

あと、年賀状とかお中元とか。これも人間関係が絡む厄介なものだ。我が家では年賀状も溜まっている。捨てられない理由としては、子どもの成長記録報告化しているので、写真付きのものが多いこと。個人情報を隠したいけれど、人様のお子様の顔を切ったりできなくて。亡くなった方の手書きのものも捨てるのは気が引ける。出す枚数もそう。年賀状をやめる友だちも増えてきているのだから、うちも考えよう。この人は今年からやめようと出さないでいたら、いつも遅く届くその人からの年賀状が元旦に届き、じゃあやっぱり返すかと出してしまう堂々巡り。一向に枚数の減らない年賀状。思い切って、年賀状をやめてみるのもありだな。

お中元もお世話になったから…から始まるけど、やめ時が難しい。今は全然お付き合いがないけれど、送るのをやめていいのかわからずに続いている人も。

五〇代はこの辺の人との付き合い方を見直す時期なのではないかな。

別に人間関係が鬱陶しいと思っているわけじゃない。ただ、何に対しても丁寧でいたい。

あの女優さんのように、自分の人生を自分らしく生きたい。そう思う。

ある人が言ってたな。「あれ何処行ったっけ？　買ったことは確かだから、どこかにあるんだけどと『もの』を探す時間ほど、人生の無駄な時間はない。」

私は今までどれだけ人生を無駄にしてきただろう。

結局は断捨離に話は戻るのよね。

だから、苦手だって言ってるじゃない。

「か・た・づ・け」

さあ、わが家の面々！

協力し合って取り掛かろう！

糾弾している「もの」たちのレスキュー！

夫婦

夫婦の形もいろいろ。

昔は家同士が決めた相手と半ば強制的に結婚させられた。させられたとは言ったけれど、今でいうマッチングアプリみたいに、ある程度相手の条件とこっちの条件がわかったうえで結婚に向かっているわけだから、それはそれで上手くいく場合の方が、実は多かったのではないかと思う。

夫婦は結局他人同士の共同生活。

勿論、「合う」「合わない」はあるけれど、「合わせる」というのも、結構重要事項になる。「合わせられる」か「否」か。

私の祖父は明治の生まれで、明治の男の典型みたいな人だった。要するに、頑固者。潔癖症で几帳面。外から帰ったら、玄関で服の汚れを落としてからでないと家の中には入らない。煙草は灰皿に張った水に綺麗に並べて漬けて、一定時間経ったら捨てる。自分にだけなら良いのだけれど、祖父は他人にも厳しかった。外食に行くと、料理長を呼びつけて説教をしだしたりするものだから、祖父の食事の誘いは、ヒヤヒヤものだった。

その祖父にはとびきり美人の奥様が。孫の私が言うのもなんだけど、本当に綺麗な顔立ちの、凛とした素敵な女性だった。名前も美しい婦人と書いて、婦美子。婦美子おばあちゃんほど名前負けしない人はいないんじゃないかな。祖母は所謂専業主婦だった。お料理、お洗濯に裁縫なんでも卒なくこなす。美人で物静か。大正ロマン漂う佇まい。

ある日私は祖父に呼ばれてある家に行った。そこにはこれまた上品な女性が待っていた。祖父はその方のことを秘書だと私に紹介した。

秘書？　おじいちゃんに秘書なんていたっけ？　子ども心になんとなく違和感を覚えた。

祖父は私に家の中を案内した。

その家には左右に二つの階段があった。一つを上がると中二階が。一階の台所には小窓がついていて、開けると居間が見えた。

その時の記憶はそれくらい。なぜ祖父が私にその家を見せたのかは未だに不明なのだが、それ以来、その家は何度となく私の夢に登場する。子どもの頃の不思議な日の記憶が、大人になった今でも頭のどこかにあって、夢の中の私はいつもその家の中をグルグル何かを探して歩いている。

その日、祖父と家に帰ったら、祖母がテレビに怒鳴っていた。大好きなボクシングの試合に熱く応援を送っている声だったのだが、普段大人しい祖母の豹変ぶりに驚いた。いや、いくらなんでも怒鳴りすぎ。子どもの私はドン引きしていた。

ははぁん、なるほどね。祖父が愛人と会うために私をダシにしたのだな。祖母はちゃんと気づいていて、怒りをぶつけていたんだ。この状況で上機嫌なおじいちゃん、知らぬはあなただけだよ。妻を舐めないでくださいよ。この時代、何故か男の浮気は社会が許していた。「浮気は男の甲斐性だ」とか。「それくらい我慢できなくてどうするの」とか。まるでされた方が悪いかのような扱いをされた。家を守るためなら、今からは想像もつかないことが色々あった時代だ。

常に女は我慢させられた。

親戚の葬儀に参列した時のこと。私は面食らった。仏間に入れるのは男性だけ。女性はその横の部屋に集められ、お焼香もその部屋で回された香盒と香炉で済ませるスタイルだった。勿論皆様のお世話は女性のみで行う。

新参者の嫁はご近所の主婦の方々の指導の下、走り回っていた。お料理はその土地ならではの葬祭に出される決まったものをご近所の皆さんがそれぞれ作って持ってきてくれる。だから、台所には色々な名前の書かれたタッパーが並んでいた。これがご近所様の葬儀となったら、その度にお料理を持って参上しなければならないのは、特に仕事を持っている女性にとっては大変だと思う。

男尊女卑の風習を目の当たりにして、その伝統を守る女性の姿に、なんとも言えない気持ちになった。夫婦とは二人だけで成り立たない部分も多々あると実感した。

私も娘が赤ちゃんだったころ、オムツ替えを主人がしたことを義母に怒られた。「そんなことを主人にさせてるなんて。」って。その時はたまたまで、普段は全くに近いほど子育てを手伝ってない主人が、お義母さんの前で良い恰好しただけだったから、「何だよー」と悔しかった。今の若い世代は男女関係なく子育てには協力的だと思う。産婦人科にもついてきてくれたり、荷物を持ってくれたり、料理も後片付けまでしてくれたり、見ていて羨ましくてたまらない。昭和四二年生まれの私たちは、丁度その境世代。専業主婦が当たり前から共働きが主流になる間だから、結婚してから世の中の女性への考えが変わっていった感じ。なんか損してる気分。

時代とともに夫婦の形態も社会の常識もどんどん変わっている。

今では、対等。男女など関係なく、ジェンダーについても堂々と話し合える時代だ。私はそれでいいと思う。私たちは、男女である前に人間なのだから。様々な夫婦の形があっていい。その人その人の無理のないスタイルで。

中学生の時、学校帰りに喫茶店から出てくる祖父母を見かけた。二人は手を繋ぎ、本当に楽しそうに歩いていた。見たことのない二人の姿に驚いた。私の前では祖父は祖母に厳しくしていたのに、意外と二人の時は甘えたりしていたんだね。なんか微笑ましい気持ちになったことを覚えている。不思議だけど、嬉しい光景だった。

それから間もなくして祖父が亡くなり、祖母も施設に入った。施設を訪ねると、祖母は食後にコーヒーを飲み、「ごめんなさい、お水ください。」と施設のスタッフに。

「婦美子さん、必ずお水を飲まれるんですよ。旦那様と喫茶店に行っていたことを思い出すんですって。」

あの時のことだ。水を飲む祖母の顔はどこか嬉しそうでそれでいて少し寂しそうで、目の前にいる私に気づきもせずに、思い出に浸っているようだった。

おじいちゃんとおばあちゃん。紆余曲折あっただろうけれど、居なくなった後も祖父は祖母の心の支えになっている。

あの頑固おやじ、罪な男だ。


晴天のお墓詣り。

風が気持ちいい。

高台にあるお墓に祖父と祖母が仲良く一緒に納まっている。その墓にはご先祖様も。皆で、お家を守っている。

穏やかに晴れた日、車を走らせていると、横断歩道でカメラを構える人がいた。その視線の先には観光客が二人。本来なら道を挟んで撮っているわけだから、通り過ぎても良かったのだけど、ご夫婦らしき高齢の方々の楽しそうな表情に、思わず停車してしまった。どうぞ写真撮ってください。待ってますからと会釈をすると、嬉しそうに手を繋いで写真に納まっていた。

なんとも言えない幸せな時間が流れた。

その可愛らしい光景に、私まで嬉しくなった。

時代とともに夫婦の形も変わりつつある。

でも失われないものも必ずある。

幸せは人其々なのだから。

ケセラセラ

パニック障害。

「突然心臓がバクバクして、息苦しくなるんでしょ?」そんな単純なものでもない。

私が発症したのは二四歳の時。

まさしくトイレの中で用を足していた時だった。足が痺れ出した。徐々に痺れが全身に回ってきて、立てなくなった。慌てた私は便座から落ち、床を這って鍵のかかったトイレのドアに。このままでは閉じ込められてしまうと必死に鍵を開けた。這ったままドアを開け、助けを呼ぼうとした。

「あ…うぅ…」声が出ない。

その時には痺れが顔まできていて、口を上手く動かすことができなかった。

「うぅ…うぅ…」うめき声に、階下にいた父が気づいて来てくれた。

助かった!

「どうした!?」

変わり果てた娘の姿に動揺する父。それでもパンツも穿けずに倒れていた私を抱き抱え、ベッドまで運んでくれた。

えっと…倒れたのって、トイレットペーパーで拭いた後だっけ？　未だ拭いてなかったっけ？　なんてことが脳裏を過ったが、そんな場合ではなかった。

父が色々甲斐甲斐しく動いていると、その様子に母が気づいた。

「どうしたの？　何かあったの？」

二階に上がってこようとした母を父が制止した。

「来ない方がいい。なるべくなら、見ない方が。」

「どういうこと？」

「とにかくもう少し落ち着くまで待ってて。後で、声かけるから。」

父が心配する母を止める程、私の状態が酷かったということで。その時の私は身体が全部硬直してぐにゃっと曲がり、顔は傾き目はひん剝いていた。父は娘のこの状態に母は耐えられないと思ったようだけど、その判断は本当に正しかったと思う。

小一時間でやっと硬直が解けた。けれど、怠さが残り、その日の予定をキャンセルして一日休んだ。

その時の感覚が、未だに最大の恐怖として身体に残っている。それ以来、何時またあの恐怖が起こるのだろうと考えてしまうから、日々の生活にも制約がでてしまう。

二回目の大きな発作は子どもが二歳の時。

夫と子どもとプールに行った帰りの温泉でだった。娘の背中を洗っている時に急に気持ちが悪くなってきた。「このままだとここで発作が起きてしまう。早めに上がらなくては。」

そう思って、フロアに戻った途端に動けなくなってしまった。裸の娘は訳がわからない子ども。こんな時に限って走り回り出した。（子どもって興奮するとなんでっていうくらい走る。）そばに階段があった。

「危ない！　戻って！」と言いたいのに、言葉が上手く出ない。どうしよう…どうしよう…思えば思うほど、どんどん症状は悪くなる。

「お客様。大丈夫ですか？」お掃除をされていたスタッフの方が走り寄ってきて、ソファに寝かせてくれた。私は固まった手を必死に動かして娘を指さした。

「娘さんなんですね。お連れしますね。」

何も伝えることができていないのに、娘を連れてお水を持ってきてくれた。その頃はパニック障害などという言葉はまだ世の中に知られていなかったから、多分この方はのぼせたのかなと思って介抱してくれたのだと思うけれど、異変に気付いてくれなかったらどうなっていただろう。三〇分ほど休んで、フラフラしながらも着替えて女湯から出ることができ、無事に娘を主人に託せた。けれど、久々の大きな発作にまた恐怖が蘇った。こんなことを何度も繰り返し、周りの人々にも迷惑をかけてしまう。

パニック障害を患っている人は増加傾向にある。残念ながら自ら命を絶つ人も多い。

私も一度、危なかったことがある。

三九歳の時のこと。家で一人でテレビのニュースを見ていた。事件や災害のニュース。

そのうち、とてつもなく不安が襲ってきた。世の中にこんな酷いことが起こっているのに、私は何もできていない。世の中に何か役に立っているのだろうか…

私は何のために生まれてきたのか。

素敵な人たちが不条理で亡くなっているのに、人様の役に立ってない私が生きていていいのだろうか…

そんな考えが湧き上がってきたとき、どこからか声が聞こえてきた。

「本当にそうだよ。何故生きてるの？　もう飛び降りちゃってよ。」怖い怖い。誰？

聞いたことのある声。私の声だ！

私が私に「死ね」と言ってる！　怖い怖い。

「あんたなんか、生きてちゃだめなの。」

…ごめんなさい。ごめんなさい…

私が私に謝る。

でも「私」は、「私」を許してくれない。

もう飛び降りるしかないのか…

私は、自問自答しながら、しばらく恐怖に怯えていた。

顔をあげると、私の隣に以前飼っていた犬が座っている。

その横には父が。

何て懐かしい光景。

温かい日常。

あれ？　でも父も犬も、もうこの世には居ないのに？

そう思った瞬間、父も犬も私の身体も突然浮いた!?

父が笑っている。優しい笑顔。父と犬が向かう先には温かい光が。

私の身体は天井にぶつかりそうになり、ふと下を見ると、座っている私の姿が見えた。

幽体離脱!?

あーあ、私は死ぬんだ。父と犬が迎えに来てくれたんだ。寂しくない。こんな暖かな世界に迎え入れられるのか…

次の瞬間、誰かが私の手を取り床に叩き落とした。

痛—。

私を握った手は小さく、明らかに娘の手だった。その場に娘は居なかったのに、なぜか娘だという確信ができる手だった。

私は我に返った。

そして大泣きした。

怖かった想いと、なんだかホッとした思いで涙が止まらなかった。

すると、

「ただいまー。」小学校から娘が元気に帰ってきた。

「ママどうしたの？」心配そうに私の顔を覗き込む。まだ大丈夫だよと言えなかった私は、あろうことか娘を抱きしめてまた泣いてしまった。ダメダメママだ。でも子どもみたいに大声で泣いたことで、気持ちがとても楽になった。

とても不思議な体験だった。

あのまま光の中に飛んで行ったら、どうなっていたのだろうと思うと今でも震える。

ヨガ教室に行った時にこんなことを言っている生徒がいた。「鬱発症で自殺する人って、したくてしてるのではないらしいですよ。本当は死にたいなんて思ってないのに、自分でも止められなくて、結果的に亡くなっているって聞いたことあります。」何の話からそんな話になったかは覚えてないけれど、私はその話にとても共感した。私の体験は、強ちない話ではないようだと思った。死にたくないのに死を支持する自分に殺される。そんなことが本当にあったらたまらない。

不安感から発作が起こる。それは、痺れや硬直を人に見られて不快な思いをされるのではないかという人目にも影響する。

こんな場所で、こんなタイミングに発作が起きたらどうしようと思ったら、尚更起きる。私が苦手な場所は、教室のような所や飛行機など、閉め切られた場所に行くと、息苦しさを感じてしまう。新幹線が無理と言う人がいるけれど、私は通路側ならなんとか耐えられる。窓側は押し込められた気持ちになってしまうので、いつもなるべくドアの近くの通路側に座るようにしている。

映画館・劇場なども、ドア側を取り、免許証の書換講習も早めに行きドアの近くに座るようにしている。

　こんな感じだから、外出は場所を選ぶ。

　パニック障害を発症してかれこれ三十年。

　長い付き合いだ。今では、なんとなく発作が起きそうな気配が早めに分かるようになった。

　そのため、災害や悲しい映像を避けたり、色々なものから目を背けることもある。

　もしかすると、あの人冷たいわねーと思われているかもしれないけれど、そこで我慢したがために、結果的に人に迷惑をかけてしまうこともあるので、そこはやむを得ないのです。その理解を社会にしてもらえたら、全てを説明しなくて済むのだけど。

「パニック障害」〝障害〟という言葉はあまり好きではない。

　何かいい言葉はないかなぁ。

　パニックを起こしても社会でやっていける勇気をもらえるような。

「パニックのち晴れ、そして青空」みたいな。

　発作が起こると死への恐怖が襲ってくる。

　そんなことはないよ。

　怖くない。

　発作の後には必ず気分が晴れて、青空が見えてくるから。

　人目なんて気にするな！

晴れがましく、青空を見よう！
「ケセラセラ」なるようになる。
「ケセラセラ」素敵な言葉。
発作の時こう声を掛けてもらえたら嬉しい。
「ケセラセラ」
うん、良いね。

著者プロフィール

かたら

年を重ねる毎に青年化していく15歳の犬を愛でながら、人生のやり残したことを模索する日々
50にして保育士資格取得
発酵食品ソムリエ資格取得
絵本
音楽
芝居
英語
家を建てる
本を出す
あとは…　まだまだやりたい事　やれていない事を　やりたい

（カバー・本文イラストも著者）

橈《とう》ポン骨《こつ》と空の青

2024年10月15日　初版第1刷発行

著　者　かたら
発行者　瓜谷 綱延
発行所　株式会社文芸社
〒160-0022　東京都新宿区新宿1－10－1
電話　03-5369-3060（代表）
03-5369-2299（販売）

印　刷　株式会社文芸社
製本所　株式会社MOTOMURA

ISBN978-4-286-25688-7